L'Isle des Amazones.

Bonnart del.

F. Poilly sc.

L'ISLE

DES

AMAZONES.

Piéce d'un Acte.

Par Mrs. le S**. & D'Or**.

Qui devoit être reprefentée à la
Foire de Saint Laurent 1718.
mais dont on n'eut pas befoin,
& que la fuppreffion de l'Opera
Comique a empêché d'être jouée
depuis.

ACTEURS.

ARLEQUIN.

PIERROT.

SCARAMOUCHE.

MARPHISE.
BRADAMANTE.
ATALIDE.   } Amazones.
ZENOBIE.
HYPOLITE.

Le BARON de Brutemberg, Suiffe.

Dom CARLOS, Efpagnol.

DORANTE, François.

TROUPE d'Amazones danfantes.

*La Scene eft fur le Port de l'Ifle
des Amazones.*

L'ISLE
DES
AMAZONES.

E Theâtre represente un Port
de Mer & une Ville dans l'éloi-
gnement, comme la Ville de Ve-
nise qu'on a vnë au Spectacle de
l'Optique. Il paroît un vaisseau dans lequel
il y a deux Amazones avec Pierrot & Arlequin. On entend quelques coups de canon
sourds, ausquels on répond de la Citadelle.
L'obscurité qui regnoit d'abord sur le Port
se dissipe, & l'on entend les sons de plusieurs
instrumens avec des timbales & des trompet-
tes. Après quoi, Arlequin & Pierrot s'a-
vancent sur le rivage enchaînez & conduits
par deux Amazones.

SCENE PREMIERE.

ARLEQUIN, PIERROT, MARPHISE, BRADAMANTE.

MARPHISE.

Ah, ha! Meſſieurs les hommes, vous vouliez faire les mauvais! Têtebleu! Nous en avons bien vû d'autres.

ARLEQUIN.

AIR 96. (*Ton himeur eſt, Cathereine*)

Eh! Pardonnez nous, Meſdames,
De nous être gendarmez.

PIERROT.

A faire plier les femmes
Nous ſommes accoutumez.

ARLEQUIN.

Nous faiſons mettre aux plus fieres
Pavillon bas devant nous.

PIERROT.

Et vous êtes les premieres
Qui nous baillez le deſſous.

ARLEQUIN.

Nous avons eu beau nous défendre.

BRADAMANTE., *lui préfentant fon piftolet.*

AIR 48. (*Belle brune, belle brune*)

Vous défendre !
Vous défendre !
Jarni ! Vous avez bien fait
Tous deux de vous laiffer prendre ?
Vous défendre !
Vous défendre !

Par la mort-diable ! Nous vous aurions
jettez à la mer.

ARLEQUIN.

Eh ! Mefdames, plus de colere !

PIERROT.

Ayez pitié de nous.

MARPHISE, *fièrement.*

Captifs. Qu'on m'écoute.

AIR 2. (*Quand je tiens de ce jus d'Octobre*)

Au Senat nous allons nous rendre.
Demeurez tous deux fur ce Port.
Nous viendrons bientôt vous apprendre
Quel doit être ici votre fort.

(*Elles entrent dans la Ville.*)

SCENE II.

ARLEQUIN, PIERROT.

ARLEQUIN.

Misérables ! Où sommes-nous ?

PIERROT, *riant.*

Hé, hé, hé, hé, hé ! Je ris quand j'y pense.

ARLEQUIN.

Comment, tu ris ! La peste te créve, toi qui és cause de notre malheur. Quand tu vins me proposer le voyage des Indes, je devois bien te laisser partir tout seul.

PIERROT.

Hé, ventrebille ! Pensois-je, moy, que nous trouverions sur la route des Corsaires femelles ?

ARLEQUIN.

Des Corsaires ! Dis plutôt des Diables.

AIR 15. (*Je ne suis né ni Roi, ni Prince*)

As-tu vû comme Bradamante
Juroit, & faisoit la méchante ?
Quels gros mots ! Quel emportement!

PIERROT.

PIERROT.

Marphife ne vaut pas mieux qu'elle ;
Elle parloit à tout moment
De faire fauter la cervelle.

Cependant, (*il rit*) Hé, hé, hé, hé, hé.

ARLEQUIN.

Encore ? Hé, quel fujet, Bête, peux-tu
avoir de rire ainfi ?

PIERROT.

C'eft que... (*il rit encore*) Hé, hé, hé,
hé, hé.

ARLEQUIN.

Hé-bien, c'eft que ?...

PIERROT.

AIR 119. (*Mirlababibobette*)

C'eft que cette Marphife-là,
Mirlababibobette,
J'ai vû ça,
Lorgnoit ma taille graffouillette.
Mirlababi, farlababo, mirlababibobette ;
Sarlababorita.

ARLEQUIN.

Nous y voilà.

Tome III. P

Ne t'y fie pas, mon ami. C'est un Cro-
codile.

PIERROT.

Oh! non, non; car j'ai entendu une
fois qu'elle disoit tout bas à l'autre : Ce
gros Garçon est à manger.

ARLEQUIN.

Vous avez entendu cela ?

PIERROT.

Mot pour mot.

ARLEQUIN.

Hoïmé ! Nous sommes perdus !

PIERROT.

Pourquoi donc ?

ARLEQUIN.

AIR 77. (*Monsieur Lapalisse est mort*)

Mon pauvre Pierrot, hélas !
Je vois bien que ces Drôlesses
Ne sont, malgré leurs appas,
Que de maudites Ogresses.

PIERROT, *étonné.*

Quoi, ce seroit des mangeuses de chair
humaine ?

ARLEQUIN.

Oh ! Je n'en doute pas !

PIERROT, *pleurant.*

Miſericorde ! Tu ne devois pas me dire cela ; je vais mourir de peur.

ARLEQUIN.

AIR 61. (*Les Trembleurs.*)

Elles vont dans leur cuiſine,
D'abord nous fendant l'échine,
Nous mettre à la crapaudine,
Ou peut-être en haricot.

PIERROT.

Je crains la capilotade.

ARLEQUIN.

Moi, je crains la marinade.

PIERROT.

On va faire une accolade
D'Arlequin & de Pierrot.

SCENE III.

ARLEQUIN, PIERROT, SCARAMOUCHE.

SCARAMOUCHE, *à part.*

Voilà de nouveaux débarquez, aparemment.

ARLEQUIN, *bas à Pierrot, apercevant Scara-*
                                    (mouche.

Ahi, ahi, ahi !

PIERROT.

Qu'y a-t-il ?

ARLEQUIN, *tremblant.*

Voilà déjà le Marmiton qui vient nous prendre.

PIERROT, *envisageant Scaramouche.*

AIR I. (*Réveillez-vous, belle Endormie*)

Non, non. Je connois ce visage.

SCARAMOUCHE, *à part.*

J'ai vû quelque part ces Grivois.

ARLEQUIN.

Je me remets le personnage.

(*tendant les bras à Scaramouche.*)

Eh !

C'est Scaramouche que je vois !

SCARAMOUCHE.

Eh ! C'est Pierrot & Arlequin ! Que je vous embrasse, mes Amis.

(*ils s'embrassent tous trois.*)

Vous êtes donc aussi Esclaves ?

PIERROT, *d'un air piteux.*

Hélas ! Oui.

SCARAMOUCHE.

Alegria, mes enfans, *alegria* !

ARLEQUIN.

Alegria, dit-il, *alegria.*

SCARAMOUCHE.

Sans doute, *alegria.* Vous allez être * marinez.

PIERROT, *effrayé.*

Nous, marinez !

ARLEQUIN, *d'un air tranquile.*

Je vous l'avois bien dit. On va nous manger en marinade.

* Façon de parler de Scaramouche pour dire *mariez*

P iij

SCARAMOUCHE.

Vous ne m'entendez pas. Ce païs s'appelle l'Isle des Amazones. Elle étoit autrefois gouvernée par des hommes, qui faisoient les Petit-maîtres, & traitoient leurs femmes en Esclaves...

PIERROT.

Hé-bien ?

SCARAMOUCHE.

Hé-bien. Ces femmes une belle nuit...

(*il fait l'action de couper la gorge.*)

ARLEQUIN, *faisant la même action.*

Qu'appellez-vous...

SCARAMOUCHE.

Je veux dire que ces femmes pendant que leurs maris dormoient...

(*il recommence la même action.*)

PIERROT.

Elles leur coupérent le sifflet.

SCARAMOUCHE.

Justement.

ARLEQUIN.

Tudieu! Quelles Comeres!

SCARAMOUCHE.

Depuis ce tems - là elles vont en courſe pour atrapper des hommes.

ARLEQUIN, *faiſant encore l'action de cou-*
(per la gorge.

Pour leur faire encore ? . . .

SCARAMOUCHE.

Oh ! que non. Elles les amenent ici . . .

PIERROT.

Hé, qu'en veulent-elles faire ?

SCARAMOUCHE.

Elles leur ôtent leurs chaînes, & ſe ma-rinent avec eux.

ARLEQUIN, *avec étonnement.*

Se marinent !

SCARAMOUCHE.

Hé, oui. Les apouſſent, les prennent pour leurs maris.

ARLEQUIN.

Ah ! voilà donc ce que c'eſt que la mari-nade !   P iiij

PIERROT.

Mais n'y a-t-il rien à craindre après ces noces-là ?

SCARAMOUCHE.

Au contraire.

AIR 46. (*Ma raison s'en va beau train*)

Vous vous trouverez, Amis,
Heureux d'avoir été pris.
Une femme ici
A tout le souci,
Le soin de la dépense ;
Et n'exige de son mari
Qu'un peu de complaisance,
Lon-la,
Qu'un peu de complaisance.

ARLEQUIN.

Il en est quitte à bon marché, ma foy.

PIERROT.

Oh ! Je sens bien que j'aurai beaucoup de complaisance, moy.

SCARAMOUCHE.

Sur ce pied-là, mes enfans, vous aurez tout à souhait.

AIR 191. (*Ah ! voilà la vie*)

Table bien servie,
Repas toujours longs,
Epouse jolie,
Vin à plein flacons.

ARLEQUIN & PIERROT, *ensemble.*

Oh ! voilà la vie,
La vie, la vie,
Oh ! voilà la vie
Que nous demandons.

ARLEQUIN.

Les années se passent bien vîte ici, à ce que je vois.

SCARAMOUCHE.

Oh ! Les Maris n'y passent point une année !

AIR 114. (*Monsieur Charlot*)

Après trois mois,
Madame l'Amazone,
En gentille personne,
Dit au Grivois,
Faites, Poulet,
Votre paquet ;

P

Du Senat qui l'ordonne
Suivez le decret.

Elle est obligée de le répudier & de le
renvoyer.

ARLEQUIN.

AIR 51. (*Landeriri.*)

Au diable de pareilles loix.
Quitter sa femme après trois mois !
Landerirette.

PIERROT.

Ah ! quel chagrin pour un Mari !
Landeriri.

SCARAMOUCHE.

J'aurai bientôt ce chagrin-là, moi. Il y
a sept semaines que je suis marié.

ARLEQUIN.

Mais, attendez. Il me vient une idée.

PIERROT.

Pourquoi ?

SCARAMOUCHE.

Voyons.

ARLEQUIN.

Il me semble qu'il y auroit un moyen
pour être ici toute l'année.

PIERROT.

Ah ! Que cela feroit bon !

SCARAMOUCHE.

Oui , ma foy.

ARLEQUIN.

Il n'y a qu'à fe laiffer prendre quatre fois l'an.

PIERROT.

C'eft bien dit. A faire à époufer quatre femmes.

SCARAMOUCHE.

Cela ne fe peut pas. On ne prend jamais deux fois les mêmes hommes. Mais voici les Amazones qui vous ont amenez. Sans adieu , mes enfans. Nous nous reverrons.

SCENE IV.

ARLEQUIN, PIERROT, MARPHISE, BRADAMANTE, HYPOLITE, ZENOBIE.

MARPHISE.

Hé-bien, Captifs. Etes-vous remis de votre frayeur ?

P vj

ARLEQUIN.

Elle s'est un peu dissipée.

PIERROT.

Oh , qu'oui ! Nous avons appris votre manigance.

BRADAMANTE.

Nous vous avons paru plus méchantes que nous ne le sommes.

MARPHISE.

AIR 88. (*Je veux boire à ma Lisette*)

Nous allons briser vos chaines ;
Ne poussez plus de soupirs.
Vous avez eu moins de peines.
Que vous n'aurez de plaisirs.

BRADAMANTE.

Nous allons briser vos chaines ;
Ne poussez plus de soupirs.

PIERROT , *à Arlequin.*

Je les vois venir.

ARLEQUIN.

Oui, cela sent la marinade.

MARHPHISE, *à Hypolite, après avoir ôté les*
(chaines à Arlequin.

Avancez, Hypolite.

BRADAMANTE, *à Zenobie, après avoir ôté*
(les chaines à Pierrot.

Vous, Zenobie, aprochez.

MARPHISE, *prefentant Hypolite à Arlequin.*

AIR 35. (*Tes beaux yeux, ma Nicole*)

Prenez cette Amazone,
Vous êtes fon Epoux.
C'eft le fort qui l'ordonne.

BRADAMANTE, *prefentant Zenobie à Pierrot.*

Cette Brune eft à vous.

PIERROT.

Jarni ! Qu'elle eft gentille !

ARLEQUIN.

Ah ! Le joli minois !
Ma foi, déjà je grille
D'entamer les trois mois.

MARPHISE.

Vous êtes mariez.

PIERROT.

Voilà ce qui s'appelle des mariages à la
croque-au-fel.

ARLEQUIN.

Hé, mais, pour des mariages de trois mois, ce n'est pas la peine d'y faire plus de façons.

BRADAMANTE.

Pour y faire peu de façons, ne croyez pas que nous ayons moins de vertu que les autres femmes.

MARPHISE.

Connoissez mieux les Amazones. Si nous prenons des Maris,

AIR II. (*On n'aime point dans nos forêts*)

Ce n'est point par fragilité ;
L'interêt de la République
Nous fait une necessité
De cet hymen de politique :
Et l'on peut dire que l'Amour
N'a point d'autels dans ce séjour.

PIERROT.

Est-il possible ?

ARLEQUIN.

Que dites-vous ?

BRADAMANTE.

AIR 6. (*Menuet de M. de Grandval.*)

Nous voulons bien pour la Patrie
Devenir femmes une fois ;
Mais pendant toute notre vie
Nous ne le fommes que trois mois.

ARLEQUIN.

Comment diable ! Sans ces trois mois,
vous feriez des Veftales.

MARPHISE.

AIR 97. (*Adieu, paniers, vendanges*)

Ce tems fini, plus d'amourettes,
Plus de plaifirs, de jeux, de ris ;
Et nous difons à nos Maris :
Adieu, paniers, vendanges font faites.

PIERROT.

Par la ferpedié ! Sont-ce là des femmes !

ARLEQUIN.

Mais, avec votre permiffion, Mefdames, tant de continence rendra à la fin
votre Ifle déferte.

PIERROT.

Il a raifon, car .....

BRADAMANTE.

Je vous entends. Oh ! que cela n'arrivera pas ! Plufieurs Ifles voifines nos Tributaires font obligées tous les ans de venir prendre nos enfans mâles , & de nous donner deux filles pour un garçon.

PIERROT.

Chacun trouve fon compte à ce marché-là.

ARLEQUIN.

AIR 55. (*Vous , qui vous moquez par vos ris*)

Ah ! que je connois à Paris
De Peres de Familles ,
Qui , s'ils pouvoient en ce païs
Venir troquer leurs filles ,
Y croiroient avoir à ce prix
Bien vendu leurs coquilles !

Orfùs , mes Héroïnes , puifque nous avons fi peu de tems à demeurer avec vous , il faut le paffer avec honneur.

PIERROT.

Mais les noces fe font-elles ici fans réjouiffances ?

MARPHISE.

Non , vraîment. Pendant les trois moîs ,

AIR 192. (*Le bon Branle*)

Les Epoux béniſſent leurs nœuds ;
Chez eux on chante . on danſe ;
L'Hymen ſuivi des Ris , des Jeux ,
Rend tous les jours charmans pour eux.

ARLEQUIN.

Ah ! quelle difference !
Ici qu'il a de jours heureux !
Il n'en a qu'un en France.

PIERROT , *à Zenobie*.

Allons , depêchons-nous.

AIR 109. (*Que faites-vous , Marguerite*)

Des noces , mon Héroïne ,
Faiſons vîte les apprêts.

ARLEQUIN.

Voyons d'abord la cuiſine ,
Et nous danſerons après.

MARPHISE.

Nous en ferons au moins.

PIERROT.

Cela va ſans dire ; vous êtes les Entre-
metteuſes.

SCENE V.

MARPHISE, BRADAMANTE.

BRADAMANTE.

Nous, ma Mignonne, courons nous débarasser de nos Maris. Leur tems est fait. Il faut les embarquer.

MARPHISE.

J'ai fait avertir le mien. Je l'attends pour recevoir ses adieux.

BRADAMANTE.

Vous ne l'attendrez pas long-tems. Le voici. Je vous laisse.

(*Elle s'en va.*)

SCENE VI.

MARPHISE, le BARON de Brutemberg, Suisse.

Le BARON.

Hé-bien, mon petit femme Marphise, ny-être donc pas moyen d'y rester encore ein peu plus que davantache dans votre compenie ?

MARPHISE.

Non, mon cher Baron de Brutemberg, non.

AIR 66. (*Dondaine , dondaine*)

Vos trois mois viennent d'expirer ; *bis.*
Il est tems de nous séparer,
Dondaine , dondaine ;
Partez, fans diférer,
Mon Capitaine.

La voiture est prête.

Le BARON.

Mais , Mondame , . . .

MARPHISE.

AIR 193. (*Partez , Medor*) *De Rolland.*

Partez , Baron.

Le BARON.

Hélas !

MARPHISE.

Partez, fans diférer.

Le BARON.

Vous ne pleure pas mon partement ?

MARPHISE.

Fi-donc !

AIR 94. (*Je me ris de qui fait le brave*)

En bonne foi, pouvez-vous croire
Que pour vous mes pleurs vont couler,
Vous qui paffiez le jour à boire,
Et toute la nuit à ronfler ?
En bonne foi, pouvez-vous croire
Que pour vous mes pleurs vont couler ?

Le BARON.

Fin de l'AIR 194. (*Bon, bon, bon, que le vin est bon*)

Moi, m'y réveiller quelque fois.

MARPHISE.

Oui, pour chanter à pleine voix :
Bon, bon, bon,
Que le vin eft bon !
Par ma foi, j'en veux boire.

Heu ! Le vilain ivrogne !

Le BARON.

AIR 5. (*Quand le péril eft agréable*)

Oh ! point de fàchement, mon Belle,
Si chel trinquerai tout' le jour ;
C'eft dans le vin que fti l'Amour
R'allume fon chandelle.

MARPHISE.

Je crois qu'il l'y éteint encore plus
souvent. Fûssiez-vous déjà aux Treize-
Cantons.

Le BARON.

L'y-être ein petit'cruelle, ein petit'-
l'ingrate. Moi, pourtant, l'y-aimer vous
toujours beaucoup grandement.

MARPHISE.

Ah! Je ne m'en suis guere aperçuë,
je vous assure! Au contraire, qu'il vous
en souvienne.

AIR 21. (*Laire-la, laire lan-laire*)

Quand je vous parlois tendrement,
Une querelle d'Allemand
Aussitôt vous tiroit d'affaire.
Laire-la, laire lan-laire,
Laire-la,
Laire, lan-la.

Le BARON.

Vous fâcher pour ein baguetelle. Moi
n'avre point fait ein querelle à vous cha-
mais. Chel serai ein bone Garçone.

*Pleurant avec une horrible grimace, & ap-
puyant sa main sur sa poitrine :*

Et moi fentir là-dedans ein grand chagri-
nement de quitter mon femme.

MARPHISE.

Oui, vraîment. Vous regretez la bonne chere que je vous ai fait faire. Aufli,
tenez, votre départ me chagrine comme
cela.

Le BARON.

AIR 2. (*Quand je tiens de ce jus d'Octobre*)

Quand l'y-être de retour à Berne,
Vous me regreter, par mon foy.

MARPHISE.

Non, Baron. Ici la taverne
Y perdra beaucoup plus que moy.

Le BARON.

Por la derniére fois, Mondame, moi
demande à vous fi ne vouloir plus du
tout penfer à le Baron de Brutemberg?

MARPHISE.

Non.

Le BARON.

Hé-bien, par la charni-diable, moi me
confoler avec mon pipe.

MARPHISE.

Vous ferez fort bien.

A I R 117. (*Jean-Gille , Gille , joli Jean*)

Sortez , fortez de cette Ifle ,
Jean-Gille ,
Gille , joli Jean ;
Partez, Epoux inutile ,
Jean-Gille ,
Gille , joli Gille ,
Gille , joli Jean ,
Joli Jean , Jean-Gille ,
Vîte allez-vous-en.

Le BARON.

Vous n'être pas contente abfolument de l'amour que j'avre por vous ?

MARPHISE.

Oh ! pour cela , non !

Le BARON.

Hobien ,

A I R 25 (*Allons, gay*)

Si moi ne pouvoir plaire
Moi l'y-être confolé.
Va-t'en t'y faire faire
Ein Epoux à ton gré.

Le BARON & MARPHISE, *s'en allant cha-*
cun de son côté, chantent le refrain :

Allons, gay,

D'un air gay,

Toujours gay, &c.

SCENE VII.

BRADAMANTE, Dom CARLOS,
Espagnol.

BRADAMANTE.

Discours superflus, Seigneur Dom Carlos. Gagnez le vaisseau au plus vîte.

Dom CARLOS.

AIR 16. (*Folies d'Espagne.*)

Il faut partir ; & vous-même, Cruelle,
Vous me pressez d'abandonner ces lieux !
Ayez pitié de ma douleur mortelle ;
Soyez du moins sensible à mes adieux.

BRADAMANTE.

AIR 123. (*Ton relon, ton, ton*)

Oh ! pour cela, j'entre dans votre peine :
Mais hâtez-vous de quitter ce canton.

Dom

DES AMAZONES. 361

Dom CARLOS.

Vous ne pouvez vous contraindre, Inhumaine

BRADAMANTE.

Je ne saurois chanter que sur ce ton :
Ton relon, ton, ton,
Tontaine,
La tontaine.
Ton relon, ton, ton,
Tontaine,
La ton, ton.

Dom CARLOS.

AIR 76. (*L'amour me fait, lon-la-la*)

Sans plaindre ma constance,
Peut-on me voir souffrir !

BRADAMANTE.

Allez, allez, l'absence
Saura bien vous guérir.

Dom CARLOS.

L'amour me fait, lon lan la,
L'amour me fait mourir.

BRADAMANTE.

Le pauvre Enfant !　　　　Q
Tome III.

Dom CARLOS.

AIR 93. (*Nous sommes demi-douzaine*)

Hélas ! près de vous, Tigresse,
J'étois plus Amant qu'Epoux !
Vous m'avez vû sans cesse
Mourant à vos genoux ;
Je laissois voir d'une amoureuse ivresse
Les transports les plus doux.

BRADAMANTE.

C'est justement cet excez de tendresse
Qui me glace pour vous.

Dom CARLOS.

Qui l'auroit pû penser !

BRADAMANTE.

Vous m'obsedez depuis trois mois ;
vous m'assassinez de douceurs Castillanes.
Cela amuse d'abord ; mais cela ennuie
bientôt.

Dom CARLOS.

AIR 24. (*Les filles de Nanterre*)
J'ai crû par-là vous plaire.

BRADAMANTE.
Vous étiez dans l'erreur.

Dom CARLOS.

Que devois-je donc faire
Pour gagner votre cœur ?

BRADAMANTE.

Il faloit mettre des hauts & des bas dans
votre amour.

AIR 195. (*L'Infulaire.*)

Un Mari qui vit en Amant ,
Sait prendre & donner finement
Un petit grain de jaloufie ,
Pour prévenir l'affoupiffement :
Son enjoûment
Dans un moment
Se voit fuivi d'un feint emportement :
Il fait par une brouillerie
Préparer un r'accommodement.

Dom CARLOS.

AIR 139. (*Hélas ! ce fut fa faute*)

Que vous jugez mal de l'Amour ! *bis.*
Il ne connoît aucun détour.
Non , non , c'eft votre faute.
J'attendois un tendre retour.

Q ij

BRADAMANTE.

Vous comptiez fans votre hôte,

Lon-la,

Vous comptiez fans votre hôte.

Dom CARLOS.

Quelle rigueur ! Ah ! Bradamante, vous ne verrez jamais perfonne filer l'amour plus noblement que moy.

BRADAMANTE.

Bon. Il s'agit bien de nobleffe dans cette affaire-là.

Dom CARLOS.

Un Amant plus refpectueux.

BRADAMANTE.

Il eft bon de le paroître quelque fois.

Dom CARLOS.

Plus conftant.

BRADAMANTE.

La conftance ici eft inutile ; il n'eft queftion que d'aimer trois mois. Adieu. Partez. Adieu.

Dom CARLOS.

O Ciel !

BRADAMANTE.

AIR 196. (*Embarquez-vous, Mesdames*)

Embarquez-vous, Nicaise,
Entrez dans nos vaisseaux ;
Vous ferez à votre aise
Vos plaintes sur les eaux.

Dom CARLOS.

Ah ! Quels adieux !
Que ne puis-je en ces lieux
Perdre le jour,
Ou mon funeste amour !

BRADAMANTE.

Perdez plutôt le dernier.

Ils s'en vont tous deux chacun de son côté. Ils se tournent de tems en tems l'un vers l'autre, l'Espagnol regardant l'Amazone avec des marques de désespoir, & Bradamante lui faisant des reverences comiquement.

SCENE VIII.

ATALIDE, DORANTE, François.

ATALIDE, *éplorée, courant après Dorante.*

AIR 90. (*Belle & charmante Brune*)

Ah ! répondez, Dorante,
A mes douleurs !

DORANTE *est distrait, & siffle sur le même*
(*Air.*

ATALIDE.

Aux larmes d'une Amante
Joignez vos pleurs.

DORANTE *siffle encore.*

ATALIDE.

Vous êtes tout de glace, & je me meurs.

DORANTE *prend du tabac.*

ATALIDE.

Mais, cher Epoux, vous ne me dites
rien.

DORANTE, *brusquement.*

Que diable...

ATALIDE.

AIR 1. (*Réveillez-vous belle Endormie*)
Expliquez-vous avec franchise.

DORANTE.

Madame, vous m'embarassez.
Que voulez-vous que je vous dise ?

ATALIDE.

Perfide, c'est en dire assez.
O Dieux ! Suis-je une Amazone ?

AIR 4. (*Comme un Coucou que l'amour presse*)

Moi , qui suis la seule peut-être
Qu'ici l'Amour sût enflammer,
Ciel ! Faut-il que ce soit un Traître
Que j'ai la foiblesse d'aimer !

DORANTE.

AIR 99. (*D'une main je tiens mon pôt.*)

Madame , à vous parler net ,
Oui , je parts sans regret ,
Je suis au bout de ma tendresse.

ATALIDE.

Tu tiens donc ainsi ta promesse !

DORANTE.

Du passé, je vous en répond ;
Mais du present , non , non.

ATALIDE.

Ne m'as-tu pas juré de m'aimer toujours ?

DORANTE.

Bon. C'est le protocole des Amans.

ATALIDE.

Volage !

DORANTE.

Volage ! Un Epoux François qui aime

Q iiij

fa femme pendant douze femaines, volage! Quand vous feriez ma Maîtreffe,
vous auriez tort de me faire ce reproche.

ATALIDE.

Qu'entends-je !

DORANTE.

AIR 15. (*Je ne suis né ni Roi, ni Prince*)

J'ai brûlé pour vous d'une flamme
A me deshonorer, Madame.
De nos jeunes Seigneurs François
Je ferois la fable éternelle,
A mon retour si je difois
Que j'ai trois mois été fidelle.

ATALIDE.

Vous plaifantez, Dorante.

DORANTE.

Non, parbleu. Je ne m'en vanterai
pas. Je dirai plutôt que j'ai fait pendant
ce tems-là vingt Maitreffes chez les Amazones.

ATALIDE.

Vous voudriez me faire croire que votre Nation n'est pas moins vaine que legere.

DORANTE.

Elle ne s'en défend point. Elle eſt même fort indiſcréte. Sans cela, nous ſerions
des hommes parfaits.

ATALIDE.

AIR 103. (*De Jean de Vert*)

Par là ne crois pas de ton cœur
Excuſer l'inconſtance :
J'ai lû dans un certain Auteur
Qu'on voit en abondance
A Paris des Amans conſtans.

DORANTE.

Cet Auteur parle donc du tems
De Jean de Vert (*3 fois*) en France.

ATALIDE.

Sur ce pied-là, les femmes chez vous
ſont bien malheureuſes.

DORANTE.

Point du tout. Elles ſont faites à cela.
Elles nous préviennent même le plus ſou-
vent. Les deux Séxes n'aiment, pour ain-
ſi dire, qu'au jour la journée.

ATALIDE.

Quel caractére !

Q

DORANTE.

Mais le tems se passe. Adieu , mon adorable , mes anciennes amours. Je vais joindre le Baron de Brutemberg ; c'est un animal qui me réjouit. Adieu.

ATALIDE , *l'arrêtant*

AIR 98. (*Et vogue la galere*)

Quoi , mon amour sincére
Doit-il te fatiguer ?

DORANTE, *se débarassant de ses mains.*

A mon humeur legere
C'est trop le prodiguer.
Et vogue la galere ,
Tant qu'elle , tant qu'elle ,
Et vogue la galere ,
Tant qu'elle pourra voguer.

ATALIDE , *en pleurs , courant après Dorante.*

Cher Dorante , un mot.

DORANTE , *s'enfuyant.*

AIR 197. (*D'Amadis de Gréce.*)

Le vent nous appelle ;
La Saison est belle ;
Il faut s'embarquer.

SCENE IX.

ATALIDE *seule, après avoir essuyé ses larmes.*

AIR 198. (*A Paris ces filles*)

C'en est trop, Perfide.
Crois-tu qu'Atalide,
Toujours dans les pleurs,
Nourrisse ses langueurs,
Se livre à ses douleurs ?
Non, non, je n'aimerai plus ;
L'Amour est un mauvais guide.
Non, non, je n'aimerai plus :
Adieu, regrets superflus.

SCENE X.

On voit dans ce moment une barque qui passe, & dans laquelle sont les trois Maris répudiez dans differentes attitudes. Le Suisse fume, le François vape du tabac, & l'Espagnol paroît rêver tristement la tête appuyée sur sa main. Aussitôt que la barque a disparu, viennent

BRADAMANTE, ARLEQUIN, PIERROT.

Q vj

PIERROT.

A I R 199. (*Pendant que nous sommes*)

Tant que nous y sommes,
Faut nous réjouir ;
Puisqu'on dit qu'ici les hommes
Ne peuvent plus revenir.

BRADAMANTE.

A I R 13. (*Joconde.*)

Les femmes que vous épousez
Ont des Maris aimables.

ARLEQUIN.

Madame, vous nous confusez.

PIERROT.

Nous sommes deux bons diables.

BRADAMANTE.

N'épargnez rien pour meriter
L'amitié de vos Belles.

PIERROT.

Chacune d'elles peut compter
Sur deux Soldats femelles.

BRADAMANTE, *à Arlequin.*

Beau Brunet, je crois que le tems vous
paroîtra bien court.

AIR 138. (*Un soir après roquille*)

D'un usage sevére
Vous trouvez nos loix.

ARLEQUIN.

Dans le bail au contraire
Il faudroit, je crois,
Mettre encor pour le Locataire
La clause d'un mois.

SCENE XI.
& derniere.

ARLEQUIN, PIERROT,
BRADAMANTE, MARPHISE,
HYPOLITE, ZENOBIE,
TROUPE d'Amazones.

MARPHISE.

TIR 12. (*Amis, sans regreter Paris*)

Assemblons-nous pour célébrer
Ce double mariage.
Puisse l'Etat en retirer
Bientôt de l'avantage.

(On danse.)

BRADAMANTE.

AIR 227. (*De M. Gillier.*)

Nous ne mettons point notre gloire
A triompher par nos regards ;
Nous n'eſtimons que la victoire
Qu'on va chercher dans les hazards :
Ici les femmes ſont des Mars.

CHOEUR d'AMAZONES.

Ici les femmes ſont des Mars.

On reprend la danſe , après laquelle on chante de Vaudeville.

VAUDEVILLE.

AIR 228. (*De Monſieur Gillier.*)

Premier couplet.

MARPHISE.

En ſuivant Bellone ,
Nos cœurs ſont éxems.
Des cruels tourmens
Que l'Amour donne:
Qu'il eſt doux de paſſer ſon tems
En Amazone !

CHŒUR.

Qu'il eſt doux de paſſer ſon tems
En Amazone !

Second couplet.

BRADAMANTE.

Ailleurs qu'on vous donne,
Belles, des Tyrans,
Gardez-les cent ans ;
L'hymen l'ordonne.
Qu'il eſt doux de paſſer ſon tems
En Amazone !

CHOEUR.

Qu'il eſt doux &c.

Troiſiéme couplet.

PIERROT.

O Beauté mignonne,
Qui changez d'Amans
L'Hyver, le Printems,
L'Eté, l'Automne,
Vous paſſez trois fois mieux le tems
Qu'une Amazone !

CHOEUR.

Vous paſſez &c.

Quatriéme couplet.

ARLEQUIN, *aux Spectateurs.*

L'Opera Comique,
O Petits & Grands,
Va dans peu de tems
Fermer boutique,
Pour avoir des honnêtes-gens
Eu la pratique.

CHOEUR.

Pour avoir des honnêtes-gens
Eu la pratique.

F I N.